U0501698

和风绘

地狱变

[日] 芥川龙之介 著　烧野 译

中国出版集团　现代出版社

图书在版编目（CIP）数据

　和风绘. 地狱变 /(日) 芥川龙之介著；烧野译
. -- 北京：现代出版社, 2023.1
　ISBN 978-7-5143-9995-0

　Ⅰ. ①和… Ⅱ. ①芥… ②烧… Ⅲ. ①短篇小说 – 小
说集 – 日本 – 现代 Ⅳ. ①I313.45

　中国版本图书馆CIP数据核字(2022)第205203号

和风绘·地狱变

作　　者：[日] 芥川龙之介
译　　者：烧　野
责任编辑：申　晶
出版发行：现代出版社
地　　址：北京市安定门外安华里504号
邮政编码：100011
电　　话：010-64267325　64245264（兼传真）
网　　址：www.1980xd.com
印　　刷：北京飞帆印刷有限公司
开　　本：710mm x 1000mm　1/20
印　　张：4.5
字　　数：25千字
版　　次：2023年1月第1版　　2023年1月第1次印刷
书　　号：ISBN 978-7-5143-9995-0
定　　价：55. 00元

　　说起堀川府主公这般人物，从古至今恐怕仅此一位，后世来者也难再有。听闻我们主公出生之前，大威德明王曾于其母梦中现身床头，可见其出世之后必定非同凡响。话说回来，我等亦从未摸清那位大人的行事之道。单看那堀川府邸，规模之宏大，布置之豪放，终究不是我等凡胎能够想象出来的。种种议论之中，亦有人将主公的性情同秦始皇和隋炀帝作比，真是应了那个盲人摸象的传说。那位大人的心思绝不在自身的荣华富贵，比起这些，主公常常留心我等凡俗琐事，所谓大器能容、与民同乐。

正因如此，即使撞上二条大宫的百鬼夜行，主公也是镇定自若。甚至曾有这样的传闻：融左大臣的幽灵常于陆奥盐造山水图的出处，也就是著名的东三条河原院夜里出现。可它一遭到主公的训斥，便再没出现过。如此威光盛大，难怪当时京城的男女老少只要提起主公，便宛如身在神前，毕恭毕敬。一次大人乘牛车从宫里的赏梅宴回府，拉车的牛不慎撞伤了一位老人。可那老人却双手合十，千恩万谢自己能被主公的牛撞到。

主公留与后人的谈资自是数不胜数。比如宫宴上动辄赏人三十匹白马；命宠爱的侍童站在长良桥的桥柱上；请得华佗术真传的天朝僧人为自己割去腿疮……如此奇闻逸事不计其数。而就在如此奇闻之中，独独堀川府的传家宝——《地狱变》屏风的来历，论及恐怖绝伦，无出其右者。当年就连一向不为外物所动的主公，也着实受惊不小。何况我等仆从，几乎魂飞魄散。就像我，我侍奉主公二十余年，从未见过那般凄惨场面。

不过，在交代屏风来历之前，必须先讲讲画师良秀，也就是绘制《地狱变》屏风之人。

○
○

　　说起良秀，如今大约仍有人记得他。当年的良秀风头正盛，拿笔谋生这一行的人里，没一个能比得上他。那时节他已然年逾五十，是知天命的年纪了。看上去也只是位个子矮小、瘦得皮包骨、很不好惹的老头。他每每来到主公府上，总是穿着一件丁香色的狩衣，戴一顶揉乌帽子，甚是寒酸。他那张红得不似老年人的嘴，更像是野兽的骇人血口。有人说那是他长年舔舐画笔染上的颜色，也不知是否属实。更有嘴巴恶毒的人，说他行坐起卧颇像猴子，又给他起了个诨名，叫作猿秀。

　　关于猿秀这个诨名，还有这样一段故事。良秀有个女儿，当时刚刚十五岁，是主公府上的一名小女侍。他女儿生得娇美可爱，完全不

似他的骨肉。大约是因早早失了母亲，她虽年幼，却伶俐非常，处事有着和年龄不符的练达。上到夫人下到一众女侍，都很喜欢她。

一次恰逢丹波国进献了一只训练过的猴子。当时尚爱玩笑调皮的少主，就给那只猴子取名良秀。加之那小猴实在滑稽，得了这么个名字，府中无人不乐在其中，每每小猴趴在庭院的松树上，或是躺在殿内的席上，众人便会"良秀、良秀"地唤着，捉弄它取乐。

一天，良秀的女儿捧着附有红梅枝的书信，正沿着长长的檐廊走来，远远只见小猴良秀从居室门里逃出来，大约是伤了腿，不能像往常一样跃上廊柱，只是一瘸一拐地跑着。它身后的少主，手里高高举着一根棍子，一边喊着"偷橘子的小贼，别跑"，一边追了过来。良秀的女儿见了，稍稍犹豫，那小猴已经哀叫着扯住她的裙边，看上去甚是可怜。她心中实在不忍，于是一手拿着梅枝，一手轻轻

甩开紫香色的衣袖，温柔地把小猴抱在怀里，在少主面前轻施一礼，稳重地说道：

"恕小女无礼，一只畜生而已，还请您饶过它吧。"

"那怎么行，它偷了我的橘子！"

"就因为它是畜生呀……"良秀的女儿重复着，脸上绽开寂寥的微笑。

接着，她又像终于下定决心一般说道：

"况且，它也叫良秀。它受苦就相当于我父亲受苦，小女又怎能袖手旁观呢？"

事已至此，少主也只能罢手：

"既然是给父亲求情，那就饶了它吧。"少主不情不愿地扔开棍子，又回到居室去了。

从此之后，良秀的女儿便和小猴成了好朋友。她用鲜红的绸带把主公赐予的黄金铃系在小猴的脖子上；小猴也是成日黏在她身边，怎样都不离开。一次良秀的女儿害了风寒卧床不起，小猴就老老实实守在她枕边，也不知是不是错觉，它一副忧心忡忡的样子坐在那里，不停咬着自己的爪子。

　　说来也怪，自此再也没有人欺负小猴了，反而都开始善待它。最后连少主都跟它和好了，还时不时地喂它一些柿子、栗子等吃的。有次不知哪个武士踢了它一脚，少主发了好大的火。后来主公还特意叫良秀的女儿抱着小猴来到跟前，大约是听说少主为了小猴发火的事情，自然而然了解到良秀的女儿善待小猴的来由。

"还是个孝女，该赏。"

主公褒奖了良秀的女儿，还赐她一方红帕。小猴见她行礼谢恩，便也有模有样地恭敬拜谢起来。主公一见，心情大好。如此说来，主公开始分外宠爱良秀的女儿，不只是因为小猴的可爱，也为了褒奖她的孝行，绝不是坊间传说的贪图她的美色。虽然出现如此传闻也是无可厚非，我之后会细说。总之，不论这位画师之女风情几何，主公也绝没有对她别有用心。

于是良秀的女儿在主公面前得脸退下，她本就伶俐，也并未引起其他女侍的嫉妒。反而从此以后，总是和小猴一起守在主公身边，每次主公乘车出游，她也都陪同在侧，从未缺席。

花开两朵，各表一枝，女儿暂且交代至此，接下来要继续讲父亲良秀的事。虽然小猴良秀为众人疼爱，可良秀本人却还是一如既往地惹人嫌，依旧被人"猿秀、猿秀"地叫着。不仅府中众人，就连横川那位僧都，只要一提到良秀，便会如同着魔般脸色大变。（传说良秀曾把僧都画成滑稽漫画，是否属实也无从可考）总之，良秀其人所到之处声名狼藉，也可见一斑。如果真有对他保留意见的人，也只在少数画师之间，或是那些只见其画，未见其人的人。

　　不过话说回来，良秀不仅长得寒酸，还有一身讨嫌的怪脾气。所以他的声名狼藉，也只是自作自受罢了。

　　说起良秀的怪脾气，吝啬、贪戾、无耻、怠惰……其中要数傲慢自大最甚，一副成天把本朝第一画师的招牌挂在鼻子上的德行。如果只是在绘师这一行里，倒还情有可原，可那家伙的自负，已经到了蔑视世间一切习俗常规，将其玩弄于股掌之间的地步。据一位跟随他多年的男弟子说，一次府里请来一位鼎鼎大名的桧垣的巫女降神，无论口宣神谕的情景如何恐怖，良秀居然也充耳不闻，手中笔墨随意挥就，巫女那张骇人的面孔便逼真地出现在纸上。在他眼里，大约一切神明附体，都是哄骗小儿的把戏罢了。

　　他就是这样的人。给吉祥天画了一张小丑脸，把不动明王画得像个无赖小吏，故意做出这种种乖僻行径来。每当有人指责他，他便大喊大叫道："我良秀画的神佛会反过来降罚给我，天下岂有这样的道理！"因此，他的很多弟子总是心惊胆战，怕将来遭到良秀的牵连，不久就和他分道扬镳。一言以蔽之，给他一个"满业孽障"的称号也不为过。在他眼里，这世间再没有能与他比肩的伟人了。

　　因此，无论良秀画技如何高超，也只能止步于此了。他

的画法，尤其是笔法和着色，和其他画师毫无相似之处。许多与他交恶的画师，常说他是歪门邪道。他们的说法是，若是名匠如川成、金冈之流，画在板门上的梅花，每到月夜便会散发出阵阵幽香；画在屏风上的仕女，则能听到她们吹出的美妙笛音。可良秀的画永远都散发着不祥的气息，给人留下诸多奇异的印象。

比如他画在龙盖寺正门上的《五趣生死图》，传闻每到夜半时分，若有行人经过其下，必能听见天神哀叹啜泣之声，甚至有人从中闻到了死人腐烂的臭气。更有传闻说，主公府上，只要是被他画过的女侍，不出三年都发狂而死。在那些抵制良秀的人口中，这便是他堕入邪道的证据。

可依他的秉性，自然不会在意这些，反倒凭此更加自命不凡。一次，主公在和他聊天时说道：

"你这个家伙就是喜欢丑陋的东西。"

谁知良秀一听，便张开他那张和年龄不符的血红嘴唇，令人恶寒地傲然笑道：

"正是如此。如今的画师全然不懂得丑陋中的美丽嘛！"

不管别人怎么把他奉为本朝第一画师，竟敢在主公面前大放厥词。难怪早先脱离师门的那些弟子背地给他起了个"智罗永寿"的外号，来讽刺他的增上慢¹心。大家肯定都知道，"智罗永寿"乃昔年从中国渡海而来的天狗。

然而，正是这个良秀——目空一切、自视甚高的良秀——偏偏对一人，付出了他全部的人性温情。

_____

1　增上慢：佛学术语，七慢中的第五，意为以自己证得卓越法门而认为自己胜过他人。

对于当小女侍的女儿，良秀可谓不知怎样疼爱才好。而正如前所说，女儿也是一门心思地孝顺父亲，不过，这份孝心有多深，良秀对她的挂念就有多重。他从未给佛寺布施供养过一分钱，可花在女儿穿着首饰上的钱却是毫不吝惜，行头置办之齐全，简直到了难以置信的地步。

不过，良秀疼女儿，也只是一心宠着女儿，却做梦都未动过给她寻个好夫家的念头。倘若有人说女儿一句坏话，他很难不会召集几个街头混混，将那人拖到暗处暴打一顿。所以当主公提拔女儿做小女侍的时候，良秀甚是不满，当场就诉起苦来。所以主公贪恋美色，不顾女子生父是否情愿便要强纳人家的传言也大多来源于此。

传言着实不可信，可满心记挂女儿的良秀从未停止祈求主公放归女儿。一次主公命他以自己宠爱的一位侍童为参照，作出一幅《文殊童子像图》来。良秀自然不辱使命，主公满意极了，笑开金口说道：

"想要什么赏赐，尽管说吧。"

谁知良秀当即不管不顾，毫不客气地说：

"小的只求您放归女儿。"要是别家府里倒也罢了，侍奉于堀河大殿大人左右的人，如何能够说放归就放归，这是哪国都没有的事。气量宽宏如主公，也登时变了脸色，沉默少顷才望着良秀的脸说道：

"这可不行。"说完主公便一下子起身离开了。这样的事，前前后后至少有过四五次。每次良秀开口之后，主公看他的眼神就会冷上一分。而他的女儿每经一次，从殿上退下后，都会因为担心父亲的安危，咬着衣袖啜泣不止。于是，主公有意于良秀女儿的传言愈演愈烈，甚至有人说，良秀受命绘制《地狱变》屏风，正是因为女儿不肯顺从主公，这更是一派胡言。

　　在我等看来，主公不肯放归良秀女儿，实因垂怜于她。与其让她回到那样顽劣的父亲身边，不如在主公府中自由自在地生活更好。对于一个向来温柔的姑娘，这种垂怜本属情理之中，说什么见色起意，实属牵强附会，都是捕风捉影的浑话罢了。

　　总之，因为良秀女儿之事，主公对良秀的不满与日俱增。然而，突然有一天，主公召来良秀，命他绘制《地狱变》屏风。

说起《地狱变》屏风，我好像已经清清楚楚看到了那鲜活又恐怖的画面。

同样的一幅《地狱变》，首先从气韵上，良秀所作就与外头的画师截然不同。一片屏风的角落里，画着小型的十殿阎罗及其仆从，再看过去便是整整一面的红莲猛火，大大小小的狂潮几乎将刀山火海涡卷碎烂；除去这些冥府官差衣装上星星点点的黄与蓝，满眼尽是浓烈得几乎要烧起来的烈焰之彩，其中更有用大笔泼墨出的滚滚黑烟，和那些用金粉抹出的迸飞的火星，几乎汇成一个卍字直冲上空。

　　如此笔法足以骇人，可在此之上更有身受业火烧灼、痛苦翻滚的罪人，那种形象绝不是在一般的地狱图中可以看到的。究其原因，良秀笔下这数不清的罪人，上到公卿贵胄，下到乞丐贱民，囊括了世间一切身份。从峨冠博带的殿上人，身着五单、天真年少的美艳女侍，挂着念珠的僧侣，足蹬高齿屐的武士学子，穿着细长宫袍的女童，手奉贡品的阴阳师……真是数不胜数。诸人困于烈焰浓烟之中，为牛头马面等阴差凌虐，宛如大风扫过、四散纷飞的落叶，纷纷往四面八方六神无主地逃去。

有一女人，头发挂在钢叉上，手足如蜘蛛般缩作一团，似是巫祝；有一男子被长枪刺穿胸膛，像蝙蝠一样倒挂在长枪上，似是新上任的国司。此外更有遭铁鞭抽笞者、为千钧巨石所压者、为怪鸟所啄衔者、为毒龙所撕扯者——因其罪业各异，所受刑罚亦各不相同。

而其中最为触目惊心者，莫过于那辆由半空落下、坠毁在如兽牙般尖利的刀山之顶（刀山早已死骸遍地，处处尖端贯穿亡者的四肢与头颅）的牛车。地狱吹来的风将车帘掀起，只见一个绮罗满身、不是

更衣就是女御的女侍，丈余黑发披散在火焰之中，雪白的颈子生生

反扭过去，神情更是痛苦万分，从这痛苦的女侍到熊熊燃烧的牛车，

无一不让人深感火山地狱之煎熬。说整个画面的恐怖皆汇聚此女之

上也不为过，意境之出神入化，乃至眼见此女，仿若便有凄绝惨叫

声声入耳。

　　善哉，综上所述，正是为了绘制如此恐怖的屏风，才会发生接下

来那恐怖的事情。

据说良秀大白天也会把草帘全部放下，在屋里点起灯，调和秘制的颜料，抑或把弟子叫进去，让他们各自穿上水干或狩衣，佩戴各式装饰，供他逐个临下来——在《地狱变》屏风绘制之前，良秀便已对这种怪癖屡试不爽。嗯，比如为龙盖寺画《五趣生死图》的时候，他放着好好的活人不瞧，偏跑去蹲在大路上的死尸前，旁若无人地将那腐烂大半的脸和手脚事无巨细地临摹下来。疯狂至此，实在叫人摸不透他的心思。这怪癖暂且无暇细说，按下不表，姑且说个大概，便可对其有所把握了。

有一天，良秀的一个弟子（自然又是一直说的那位）正在研磨颜料，忽然师父过来对他说：

"我想睡会儿午觉，但这段时间总是做噩梦。"

因为并不是什么稀罕事，弟子也没停下手里的活计，只是寻常应了一声道：

"是吗。"

　　可良秀却一副黯然模样，用从未有过的肃然态度对弟子说：

　　"我睡午觉的时候，你能坐在我枕边吗？"

　　弟子虽惊诧于师父竟忌讳起什么噩梦来，却也没当回事，随口应承了一声"是"，可师父又像担心什么似的，犹豫地补充道：

　　"那你现在就过来，也告诉外头其他人一声，别让他们进我的里屋。"

　　里屋也是良秀的画室，日夜大门紧闭，屋内点着朦胧灯火，已用炭头画好草稿的屏风围成一圈立在那里。良秀一进里屋就枕着手臂躺了下来，像是疲惫至极，很快便睡熟了。不到半刻，坐在他枕边的弟子，忽然听到他嘴里冒出含含混混却令人恶寒的声音来。

　　那些声音开始只是零星从口中冒出，可渐渐地连成了语句，仿若

溺在水中之人含混的呻吟：

　　"什么……要我来……要我来哪里啊……地狱……火山地

狱……谁？！你是谁！……原来是你啊……"

　　弟子不由得停下手里研磨颜料的活计，心惊胆战地偷瞄师父的

脸。那张满是皱纹的脸上已经挂满豆大的汗珠，嘴唇干裂，稀疏

的牙露了出来，大口大口地喘着粗气，口中似有什么东西为线所牵引一般乱动，不正是舌头吗？那乱动的舌头接着发出断断续续的声音：

"我当是谁呢……是你啊，我想也是你……什么？你来接我了？……那就来吧！到地狱来！地狱里……有我女儿等着你呢……"

这时，朦朦胧胧间，弟子看到了一个怪异的影子，慢吞吞地从屏风上走了下来，顿时一阵胆寒，于是立即抓住良秀的手死命地摇晃，可良秀仍在梦中喃喃自语，并没有醒来的意思。弟子心一横，抓起一旁的盛水的笔洗，往良秀脸上泼去。

"……等着你哪……坐上这辆车吧……坐上这辆车，到地狱来……"良秀话音未落，仿若脖子被死死掐住，声音转为尖锐的呜咽，终于睁开了眼睛，随即便猛地跳起，比突然被扎了一针还惊慌，好像梦中的异象还未曾从他眼中褪去。良久，良秀瞪圆了满是惊恐的眼睛，大口大口地喘息，呆呆盯着外面的天空，最后才若无其事地对弟子说道：

"好了，你去吧。"弟子平日里被他使唤惯了，也不敢违抗，赶忙退出去。屋外的阳光照到他身上，弟子深吸一口气，这才觉得自己仿佛刚刚从一场噩梦中醒来。

然而这次还算好的。刚刚过去一个月光景，良秀又把另一个弟子叫到卧室里，自己则在昏暗的油灯旁咬着画笔。咬着咬着，忽然对弟子说：

"辛苦你，这回还是把衣服都脱下来。"弟子遵命，很快脱了个干净。良秀看着他的裸体，神情却很奇怪，只是冷冷说道："我想看被铁链缚住的人，劳你受罪，帮我做出那种样子来。"话是这样说，可他的语气里却毫无歉疚。这名年轻弟子本就生得壮硕，看上去比起拿画笔更适合拿刀，可也被师父吓了一跳，后来他每每对人讲起，总是添上一句："当时还以为师父要杀了我呢。"

　　然而良秀见弟子迟疑，心生急躁，不知从哪里掏出一条细铁链缠在手里，几乎是飞扑上去，挂在弟子背上，扭住他的胳膊用铁链捆起来，又使劲收紧。铁链深深吃进弟子的肉里。终于弟子承受不住，跌在地板上，发出一声巨响。

　　滚倒在地的弟子好像一只酒瓮，手脚皆被狠狠缚住，能动的唯有一颗脑袋，铁链阻碍了这具壮硕身体的血液循环，使得他从脸上到全身憋得通红。而良秀却毫不在意地绕着他走来走去，不停转换角度，画了好几张几乎一模一样的速写。其间弟子所受的皮肉之苦自不待言。

　　要不是中途发生了变故，不知道这皮肉之苦还要持续到几时。幸亏（如此说来，倒不知究竟是幸运还是不幸）没过一会儿，屋角的坛子背后，似有一道细细的黑油蜿蜒流出。一开始那动作还静悄悄地非常迟滞，而后却眼看着加速滑了过来，最后灵光一闪，流

到弟子的鼻尖，他不由得定睛一瞧，心一下子悬到嗓子眼，叫唤起来：

"蛇！有蛇！"

那一刻他全身的血液似乎都冻住了。这也难怪，原来那冰冷的蛇芯已经开始舔舐他被铁链缚住的脖颈。事已至此，乖张如良秀也不能不慌张起来，赶忙丢了画笔，猛地弯腰，一把抓住蛇尾倒提起来。那蛇被他抓在手里，还精神地折起身子，徒劳地伸头去够良秀的手。

"都怪你，生生给我打断了。"

良秀烦躁地嘟囔着，把蛇扔回屋角的壶中。这才不情不愿地解开弟子身上的铁链，也没有对弟子说一句好话。似乎对他来说，弟子被蛇咬伤，还不如自己一气呵成的速写被打断让他泄气——后来听说，那蛇也是他专门养来写生用的。

上述种种，良秀其人的疯癫和异样的痴狂便可见一斑。说起来还有最后一桩耸人听闻之事，那是个十三四岁的小弟子，正是为了《地狱变》屏风差点丢了性命。那弟子生得和女人一样白，一天夜里被叫到师父的画室。当时只见良秀对着灯火，手里托着一块腥肉，正在喂一只怪鸟。那只鸟个头有寻常的猫那么大，头上支出一对羽毛，看上去就像两只耳朵。再加上一对琥珀色的大圆眼珠，乍看真像只猫。

　　良秀其人行事向来不容他人置喙，他在自己的屋里放了什么，弟子都无从知晓，恰如那条蛇。有时桌上放着一只骷髅，又或是银碗、高脚漆杯，总有意想不到的物事被他拿来用作画具。平时他把这些东西放在哪里也无人得知，大概这一点也成了他受到福德大神加持的证据之一。

　　弟子见那怪鸟，只当也是师父用来绘制《地狱变》屏风的，便小心翼翼地走到师父跟前候着：

　　"师父您叫我？"

　　良秀听了，舔了舔自己猩红的嘴唇，下巴朝怪鸟伸了伸：

"怎么样，挺听话的吧。"

"弟子还从未见过这样的鸟呢。"

弟子嘴上应着，一边偷偷摸摸地打量这只长着耳朵、猫似的骇人怪鸟。良秀笑了，口气中还是一如既往地充满嘲弄：

"没见过？也是，城里长大的孩子嘛。这是前几天鞍马山的猎户送我的，叫作角鸮。不过，这么听话的也是少见哪。"

说着，良秀伸手顺了几下刚吃完肉的鸟背上的羽毛，那角鸮突然发出一声短促尖锐的啼鸣，从桌上飞了起来，张开两只爪子，猛地抓向弟子的面门。要不是弟子当时赶忙用袖子遮住了脸，恐早被抓出几道口子。弟子一声惊呼，正忙着挥动袖子驱赶，那角鸮又尖叫着飞扑过来——弟子早忘了是在师父跟前，又是站起来抱头，又是蹲下驱赶，在狭小的房间里四处躲闪却又无处可逃。那怪鸟不为所动，仍上下翻飞着，抓住空隙便要去啄他的眼睛。

那双巨翅扑扇的声音甚是可怕。似有落叶的气味、瀑布溅起的水花，乃至山林中猿猴所藏果实堆积发酵的酒气等诸多难以名状之物在引诱它，甚是恐怖。此刻弟子的眼中，昏暗的油灯仿若朦胧的月光，而师父的房间似乎在此时化作了遥远山中弥漫着妖气的深谷，他顿时就被恐惧吞没了。

然而这恐惧不仅仅来自角鸮的袭击，更来自师父。骚乱中一直冷眼观瞧的良秀，直教他汗毛倒竖。良秀将画纸徐徐展开，舐着画笔，正在临摹女子一般的美少年遭受恶鸟凌虐的凄惨场景。弟子望着师父，一时间被吓得连话都说不出。后来那个弟子说，那一刻他真的觉得自己会死在师父手里。

41

● ○

　　事实上，这徒弟确实有可能死在师父手上。就像这天晚上良秀特意把弟子唤进屋里挨角鸮的啄，就单单为画下弟子失魂落魄逃跑的模样。所以弟子一见师父的态度来不及多想，只顾以袖遮面，不停尖叫。他自己也不知道自己喊了些什么，逃到门口墙角抱头蹲下来。忽然，他听见良秀一声惊呼，似乎是慌乱地站了起来。角鸮的振翅声越来越响，一旁有什么东西摔碎了，发出一声脆响。这又把弟子吓得够呛，他放下护住脑袋的手，抬起头来，发现屋内不知何时已经漆黑一片，而师父正在焦急地喊外面的弟子进来。

　　不多时便有一个弟子答应了一声，提着灯急匆匆地跑过来。借着那盏还带着煤烟臭气的灯的光亮，他才看到屋内的灯台已经倒下，

灯油淌得地板草席上都是。而刚刚那只角鸮耷着半边翅膀，正在地上痛苦地挣扎。良秀则呆愣在桌边，身子将起未起，嘴里还嘀嘀咕咕地说着谁也听不懂的话——这也难怪，只见角鸮的脖颈和半边翅膀被黑蛇死死缠住。

　　大约是弟子蹲下去时刚好碰倒了那里的坛子，坛子里的黑蛇借机游出。角鸮去捉蛇，蛇便缠上了角鸮，于是便有了这阵骚动。两名弟子面面相觑，一时间也是不可置信地望着眼前的光景，最后看向师父，默默施礼后便退了出去。至于那角鸮和蛇最后究竟如何，也无从得知了。

诸如此类事，之后又发生过几次。之前没有交代，良秀开始绘制《地狱变》屏风时是在初秋，一直到冬天快要结束，其间诸弟子一直饱受师父怪异举止的惊吓。正因时值冬末，良秀的创作又遇到了瓶颈，于是他的神情比以往更加阴森，口气眼神也都凶狠非常。屏风上的画已画到八成，可无论如何也无法再进一步。看良秀那样子，倒有可能把已经完成的部分全部擦去。

正因如此，为什么屏风进度受阻，没有人知道原因，也没有人想知道。前车之鉴使得弟子人人自危，仿若身处虎穴，尽量能离师父多远就离多远。

那之后倒没什么值得拎出来细讲的事。硬要说的话，倒是良秀这个从来都硬气的老头子，不知怎的变得脆弱起来，动不动便掉眼泪，以至于经常独自在无人的角落哭泣。

尤其是有一天，一名弟子有事到院子里去，却撞见师父站在廊下，满脸泪水地望着头顶春日将近的天空。这景象反倒令弟子觉得羞耻起来，急忙默默退了出去。

那个为了画《五趣生死图》连路边的弃尸都能临摹的傲慢画师，因为绘制《地狱变》屏风遇到瓶颈，竟会孩子般哭鼻子，可不是怪事一桩吗？

良秀这里是执着于《地狱变》屏风而几乎丧失了人性，良秀的女儿那边则是不知何故终日郁郁寡欢，眼中总是强忍着泪水，这些我等下人都看在眼里。这位苍白腼腆的姑娘，本就生着一张落寞面孔，如今眼睑日益低垂，眼下乌青也愈加明显，看上去愈加愁云惨雾了。起先都以为她是担忧父亲，抑或身陷相思之苦所致，更有人开始臆测她正是在这期间拒绝了主公收她侍奉在侧的旨意。渐渐地，大家似乎都忘记了这件事，也不再议论她了。

　　正是那时节，一天晚上，夜已深了，我独自一人走过廊下，忽然那只名叫良秀的小猴不知从哪里跳出来，一个劲儿地扯我的衣角。是夜梅香袅袅，月光微明，倒也温暖。月光之中小猴露出雪白的牙齿，鼻头揪得紧紧的，发了疯一般叫着。

我怕它扯破我的新裤子，本就带着三分担心，又有七分气恼，打算把它踢开继续往前走，后来想起少主斥责欺负它的那些武士的事，想着可能是出了什么事，于是由它拉着走了五六间远。

待走到檐廊的一个拐角，那里已见得夜色中漾着淡淡白光的水池及池上横斜的松枝。就在这时，只听附近一间屋子传出一阵微妙响动，好似有人争执，慌乱之中又有些许微妙。四周寂静，月光之下，雾霭散尽，只有鱼儿偶尔跃出水面之声，没有交谈之音。我听到那响动，不禁停步，若是遇到小偷，便可一展身手，于是屏息凝神，靠近那间房。

话说回来，那猴儿见我没有继续动作，似是急了，在我脚边连连转了两三圈，便尖叫着一只脚登上我的肩头，那声音好像被谁扼住了脖子一般尖锐。我当即扭过头，打掉它的爪子，不让它碰我的衣服，可那猴儿落了地，却还是扯住我身上水干的袖子，拉得我也不得不借力歪倒两三步，直接撞到了那扇门上。

事已至此便一刻也犹豫不得，于是将拉门打开，径自跳进庭中月光无法到达的屋内。就在我冲进屋子的时候，一位姑娘从里面奔出，像是生生弹出来的一般，登时挡在我眼前，倒是把我吓了一跳。她差点一头撞上我，几乎是连滚带爬地跑到门外。她跪伏在地，喘着粗气望向我，四目相交，我看到她眼里满是恐惧，甚至还在不停发抖。

无须多言，这个姑娘正是良秀的女儿。现在的她简直生生变了个人，眼睛瞪得老大，脸颊红得好像就要烧起来。身上衣衫凌乱，平日的天真全然不见，反倒平添了艳丽之姿。这真是平素胸有成竹、恣意妄为的良秀那个楚楚可怜的女儿吗？——我靠在门上，只听见凌乱慌忙的脚步声逐渐远去。借着月光，我望着这美丽的姑娘，无声地询问她那人是谁。

可良秀女儿只是紧咬下唇，低头沉默，看上去十分不甘。于是我俯身在她耳边，小声问道：

"是谁？"

女孩儿只是摇摇头，并未作答。她长长的眼睫上已经蓄满泪水，嘴唇咬得更紧了。

不巧的是，愚钝如我，除了一目了然的事情，什么都猜不出来。所以我也不知接下来该说些什么，一时间耳边只有良秀女儿急促的

心跳。我愣了一会儿，只知道不好再继续问下去了。

也不知道又过了多久，我将大敞的拉门合上，转头尽量压低声音，对脸上已经失去血色的良秀女儿说道：

"请赶快回房吧。"

说来惭愧，我自己也觉得看到了什么不该看的东西，心中难免忐忑惶恐，只得原路返回。还没等走出十来步远，就感觉有人在小心翼翼地扯我的裤脚，我吓了一跳回头去看，你们猜是谁？

正是那个叫良秀的小猴，它像人一样双手撑地跪在我脚边，毕恭毕敬地叩头，脖子上的金铃被晃得丁零地响。

那晚之后，大约又过去半个月。一天，良秀突然来府上求见主公。他虽身份低贱，但一向受到主公青睐，故而很快就见到了平日不轻易见人的主公。他一如往常，穿着丁香色狩衣，戴着软趴趴的揉乌帽子，神情却比往日更加阴沉。他恭恭敬敬地跪伏在地，用沙哑的声音说道：

"小人自受命绘制《地狱变》屏风以来，一日不敢怠慢，以至诚之心执笔至今，已初见规模，不久便可完工。"

然而主公的答复却有气无力，整个人一副无精打采的样子。

"很好，余很满意。"

"不，并没有那么好，"良秀微微垂眼，语气中流露出些许不快，"虽然大体已经完成，但唯有一处，凭小人如今的见识还是画不出来。"

"嗯？还有你画不出来的东西？"

"是。小人是画不出来自己没有亲眼看过的东西的。即使画出来，也总是不满意，还不如不画。"

主公听到这里，脸上便浮起嘲弄的微笑，说道：

"那你画《地狱变》，难道还要亲眼看到地狱吗？"

"正是。正是亲眼见到前年的大火灾，小人才见识到火山地狱一般的猛火。后来能画出不动明王背后的火焰，也是因为亲眼看到了那场火灾。这幅画您也是知道的。"

"那画中地狱的罪人、狱卒，你难道也是亲眼见过吗？"

"我看过被铁链捆绑的人，也仔仔细细地临过被怪鸟袭击的人，所以也可以说见过罪人受罚的惨状。狱卒——"良秀露出有些恐怖的苦笑，"那些狱卒经常出现在我的梦里——牛头马面，三头六臂的鬼——无声无息地鼓掌、张开大嘴，每一天，每一夜，都会来梦中折磨我。——我想画却画不出的，并不是这个。"

当时，主公的吃惊是货真价实的。主公先是狠狠地盯着良秀许久，接着眉头紧皱，斩钉截铁地问道：

"你想画的，是什么？"

"小人准备在屏风正中，画一辆从空中坠落的槟榔毛车。"良秀抬起了头，这时才开始放肆地直视主公的眼睛。平常一谈及作画，他本就会变得癫狂，而此时他的眼中，却有一种能够令人胆寒的东西存在。

"那车中需有一位华丽的妃子，在猛火之中披散黑发，痛苦万状，蛾眉紧蹙，玉颜熏于浓烟之中，仰望头顶的车篷，手中则紧紧攥着垂下的车帘，像是在遮挡暴雨般纷纷落下的火星。此外周身更有一二十只凶狠的猛禽，喈喈怪叫着绕车飞旋——是的，那车中的妃子，小人无论如何也画不出来。"

"所以呢，你打算？"主公的神情不知怎的愉悦起来，于是敦促良秀继续说下去。

然而，良秀那两片猩红的嘴唇却像被火烧灼一般颤抖起来，他就像在说梦话似的，又重复了一遍：

"那妃子，画不出来……"

突然，良秀几乎是咬牙切齿地挤出一句话：

"小人斗胆，求一辆槟榔毛车，在小人眼前点着，若您恩准……"

主公脸色陡然一沉，转而又朗声大笑起来，笑得几乎喘不过气，喘息的间隙里，他对良秀说道：

"好哇，那便照你说的办吧。什么恩准不恩准的，多说无益。"

微贱如我，当时候在一旁，听见主公开口，只觉杀气升腾。事实上，主公嘴边已泛出白沫，额上青筋如闪电般暴突，好似被良秀的狂气侵染，一反常态。话音刚落，主公又爆出一阵狂笑，喉中似有

什么在震荡不止。

"一辆熊熊燃烧的槟榔毛车，车中还有一个身着华丽妃子服饰的女子，为火焰和黑烟所困，几乎要闷死在车里……能想到画出这种场景，不愧是本朝第一画师！当赏！来！赏！"

良秀听闻，登时面如土色，像是喘息似的抖动着嘴唇，却一句话也说不出来。终于，他僵硬的身体一软，赶忙双手撑地，深深行礼，声音低微得仅能让人听到：

"小人谢恩。"

大约是自己心中的恐怖景象被主公的言语具现在眼前了吧。那是我这辈子第一次觉得良秀是个可怜的人。

　　几天后的一个晚上，主公如约将良秀唤到烧槟榔毛车的地点，许他靠近观看。准备烧车的地方并不在堀川府，而是在京城城外的山庄，也就是主公妹妹从前居住的雪解府。

　　虽是府邸山庄，然而这座雪解府已经弃置多年，宽阔的庭院早就一片荒凉。大约主公正是看中了无人居住这一点才选定此处。关于主公那位已经去世的妹妹也有传闻，在没有月光的黑夜，庭院中总有穿着绯红裙裤的怪异身影，脚不沾地地从廊下飘荡而过。这也难怪，毕竟这座荒宅即使在白天也是寂静一片，每当太阳落山，总有阴森森的水声在暗处响起，屋顶偶尔有几只鹭鸟在星光下掠过，那飞影妖异，到处弥漫着不祥之气。

　　那晚恰好也是个无月之夜，漆黑一片。主公身着深紫纹样刺绣的浅黄色水干，盘坐在大殿油灯火光之中白锦镶边的高座上，五六个侍从各自恭敬地候在前后左右。其中有一人，听闻他在几年前陆奥之战中吃过人肉，能从活鹿头上掰断鹿角。如此力士，缠着围腰，腰间太刀刀头高悬，威风凛凛立于檐下。灯火在夜风中摇曳，忽明忽暗，一时间竟模糊了梦境与现实，颇为骇人。

院中停着一辆槟榔毛车，高高的车篷下一片漆黑。车辕上没有拴牛，被撂在地上，铜质的铰链闪烁着星子般的光。眼下虽是春天，寒气仍然刺骨。流苏绲边的蓝色车帘将车中挡了个严实，看不到车里究竟有什么。一群下人围在车边，高高举起松明，小心翼翼地不让烟飘进大殿的檐下。

良秀正对大殿跪坐在稍远处。他仍穿着那件丁香色狩衣，戴着那顶软趴趴的揉乌帽子，黑沉星空之下，他的身影显得更加瘦小了。他身后蹲着一个头戴乌帽身着狩衣的人，大约是被叫来的一名弟子。我从大殿的檐下望去，昏暗之中，二人缩在一处，几乎分辨不清他们狩衣的颜色。

　　午夜将至，庭中林泉中潜藏的黑暗几乎吞噬了一切声响，众人屏息凝神间，唯一的声响来自轻柔的夜风，同时将松明的烟气送进众人的鼻孔。主公一时间没有开口，只是静静望着眼前奇异的情景，良久，终于将膝头稍稍向前送去，震声唤道：

　　"良秀！"

　　良秀大约是应了声的，可传到我耳里就像嗫嚅一般。

　　"良秀，今晚就如你所愿，烧车给你看。"主公一边说着，一边扫视身边侍从。接着那些侍从又像心照不宣般相互对视，会心一笑。不过这也可能是我的错觉。良秀诚惶诚恐地抬头朝大殿正中望去，

好像要说些什么，却最终没说出口。

"看好了，这是余平日常乘的车子，你应该有印象吧……现在余就烧给你看，让你亲眼见到火山地狱。"

主公像是欲言又止般，朝一边的侍从递了个眼色。再开口时，语气陡然变得压抑而不悦：

"一名罪人之妻，正被绑在车里。一旦点火，那女子也会被烧得肉焦骨烂，死前尝尽四苦八苦[1]。你要绘制屏风，这可是难得的范本。大火之中雪肤焦烂，黑发飞灰，你且看好吧！"主公第三次停下来，像是在考虑什么，而后又只是无声地笑了起来，肩膀微微晃动着，"这可是前无古人后无来者的奇景，余也很期待。来人！掀起车帘，让良秀瞧瞧车里的女子！"

　　一名壮汉应声而动，单手高高举着松明，走到车前，利索地掀开车帘。熊熊燃烧的松明噼啪作响，赤红的火光中，可以清清楚楚地看到原本狭窄昏暗的车内，一女子被残忍地用铁链锁住——啊！一时间无论是谁都会怀疑自己的眼睛，我差一点叫出声来——身披樱花刺绣的绚烂唐衣，润泽黑发披散，夺目金钗斜插其间……衣装虽不同

1　四苦八苦：表达了佛教中提到的人生苦难的种类。四苦指"生、老、病、死"，八苦在此基础上增加了"爱别离苦、怨憎会苦、求不得苦、五蕴盛苦"。

往日，可那娇小的身量，雪白的颈子，还有那总是略带悲寂的端庄面孔，不正是良秀的女儿吗！

这时我对面的侍从赶忙起身，手按刀柄，死死盯着良秀的动静。如此惊吓之后，良秀几乎失去了理智，不顾一切地起身奔向车前，双臂拼命朝车扑去。如前所说，我所站的位置离得很远，阴暗之中看不清良秀的表情，可那一瞬间，我看到了良秀失去血色的脸……不，就像是有一种看不见的力量将我眼前的黑暗拨开，良秀暴起的身影就像被猛地提到半空。这时，只听主公一声令下：

"点火！"

一众侍从下人纷纷将手中松明抛出，霎时间，那辆绑着良秀女儿的槟榔毛车已被熊熊大火吞没。

　　火焰很快就烧到了车篷。车篷上缀着的紫色流苏在热气中不停飘摇，车篷之下，白色的浓烟在夜色中也格外显眼，大火和浓烟席卷着车帘、车把、横梁上的铜饰，几乎要将一切烧到爆裂纷飞，火雨四散——个中惨烈非是言语所能描述。更恐怖的是那沿着车把一直烧到半空的火焰之色，宛如日轮坠地，天火迸发。之前我还差点叫出声，现在却是已经丢了魂，只是茫然张着嘴，看着眼前的恐怖光景。而她的父亲良秀——

　　良秀当时的表情，我到现在都无法忘记。就在他拼命朝车子跑去的时候，大火猛地蹿了上来，他猛地停住了脚。他的双臂还保持着前伸的动作，可一双眼睛却死死盯着吞噬车子的火焰，贪婪得就像想要把眼前的一切连同浓烟吸食入腹。他全身沐浴在赤红的光芒之中，那张丑陋的皱脸连胡楂儿都映得清清楚楚。可那双瞪圆的眼睛、歪斜的嘴角、不停抽动的脸颊，无不是良秀此时在巨大的悲痛和恐怖交迫之中的写照。即使是即将被砍头的强盗、十殿阎罗座下押解的十恶不赦之罪人，神情都不会苦厄至此。这一刻，连檐下那名巨汉侍从都变了脸色，畏畏缩缩地望向主公。

然而主公仍是双唇紧闭，不时露出令人恶寒的微笑，只是紧紧盯着燃烧的车子。而如今那车中——啊！当时良秀女儿的样子，我到现在也很难鼓起勇气详述。为浓烟所掩的苍白容颜、被火焰扫乱的长发，以及瞬间与火焰融为一体的樱纹唐衣——何等惨烈之景！尤其夜风袭来，浓烟尽散，火花宛如金粉散落腾空而起，那口含发丝，为铁链紧缚的姿态，完全是地狱业苦具现眼前。从我算起，再到那位巨汉侍从，无一不汗毛倒竖。

　　夜风一阵强于一阵，掠过庭中林梢。未料黑暗的夜空中传来声响，忽地有一黑影跳下，宛如一只蹴鞠，从房顶径直跳入燃烧的车中，朱漆车把应声断裂，那黑影同时从身后抱住良秀女儿的肩头，发出一声裂帛般尖锐的喊叫。接着第二声，第三声，尖叫接连不断——我等下人亦不由得一起跟着叫出声来。四面火墙之中，挂在良秀女儿肩上的，正是那只被拴在堀川府邸、小名良秀的小猴。没人知道它是怎么偷偷跟来的。只为和平日里最亲近的姑娘在一起，便义无反顾地投身火海。

　　不到眨眼工夫，火星便如金梨子地漆器上涂饰的金粉一般，又一次在半空炸开，而那小猴的身影只是一闪而过，而后便和良秀女儿一同隐没在黑烟深处。庭院中只余燃烧的车子，火焰好似沸腾般不停发出炸响。事已至此，与其说那是一辆燃烧的车，倒不如说那是一根火柱，直冲夜空烧去，方可道尽大火之骇人。

　　然而，最为不可思议的，是在火柱前仿佛凝固般伫立的良秀，那个直到刚刚还在遭受地狱般折磨的良秀。他抱臂而立，那张皱巴巴的脸上，恍然盈满无上法悦[1]之光辉。好像已经忘记自己正在主公驾前。

1　法悦：意指由听闻佛法或是由思辩佛法而产生的喜悦。

映在他眼中的，仿佛已不再是女儿被大火活活烧死的惨状，那只是绝美火焰之中遭受苦难的丽人之姿，眼前的一切，给他带来了无上的喜悦。

　　更加令人惊异的，不仅仅是良秀看到女儿惨死还能乐在其中。更因为当时的他，已经完全脱离凡人之姿，他身上那种奇异的威严感，宛若拥有狮王之怒的勇士。

　　无数夜鸟被这庭中的野火惊飞啼鸣，只是绕着他的揉乌帽子不停飞旋，却不敢近他的身。恐怕那些不通人性的鸟儿已经看到了良秀头顶高悬的圆光，感受到了那不可思议的威压。

无知禽鸟尚且如此，我等下人自然皆屏息凝神、全身战栗，不错眼地盯着宛如开眼佛般、心中充满法悦随喜的良秀。上空是噼啪炸响的火柱，下方是游魂出窍伫立于此的良秀——此情此景，何等庄严，何等欢喜。然而，面对此景的主公，却是脸色发青，口含白沫，双手紧紧抓着覆着紫色指贯[1]的膝头，宛如口渴的野兽般，喉间传出粗声喘息……

1　指贯：一种和狩衣配套的下装，形似裙裤。

是夜主公于雪解府烧车一事，不知从何人口中泄露，引得外间议论纷纷。首先便是主公为何要烧死良秀女儿——最广为流传的说法，便是主公求而不得，为了泄愤便烧而杀之。不过我听主公亲口所言，他的所作所为，不过是为了惩戒这个画个屏风便作怪多端的画师。

除此之外，铁石心肠到不惜把女儿烧死也要画出屏风的良秀也是饱受谩骂。都说他只知画画，全然不顾父女亲情，就是个人面兽心的浑蛋。那位横川的僧都也这样认为，他常说："不论一个人在一技一艺上有多么高的造诣，若是舍弃了人伦五常，便只有堕入地狱这一个下场。"

　　一个月后，良秀完成了《地狱变》屏风，第一时间送到主公府上验收。当时那位僧都也在，一看屏风上的画，被上面天崩地裂般的烈火狂风吓得不轻，于是一脸嫌弃地斜睨着良秀，出人意料地猛拍膝盖道："这下好了！"而主公听闻只是苦笑，到现在我还记得很清楚。

　　自那以后，堀川府中便再没有人说过良秀的坏话，只要见过这面屏风，哪怕是曾经最讨厌良秀的人，也会不由得被

他严苛的匠心震撼，切身感受到火山地狱的大苦难。

　　尽管如此，在那之前，良秀便已不在世上了。完成屏风的第二天晚上，他便在自己房间里悬梁自尽。失去独生女之后，恐怕他也再难安然独活。良秀的遗体安葬在他家的旧址，那块小小的墓碑，经十数年风吹日晒，早已长满青苔，无法辨认其主姓甚名谁。

大正七年四月